白い葉うらがそよぐとき

さわ きょうこ
Kyoko Sawa

文芸社

もくじ

母からのプレゼント

視　点

母からのプレゼント

母からの　プレゼント

独りぼっちの　母の日に
見つけた　手紙の束
引き出しの奥深く　眠っていた
母からのプレゼント
六年間の手紙の束　一〇六通

家族のこと　親戚のこと　親しい人の訪れ
毎日の　生活が
手に取るように　語りかけられる
時には　美しい言葉で　飾られて

つぎは「花便り」となって、続く花のこと
家の周りに咲いた花　植えた花
移し変えた苗木　蒔いた種
四季折々の花が　種が　綴られる

この日のために　母がそっと　隠していたかのように
現れた手紙の束
茶色のしみは　経た歳の数

難しい漢字に　「今はこんな字使わないから　読めなくてもいいや」
なんて　思い
「また　花かー」　と斜め読み

今　真剣に読んでいる
年々増える　花の数
年々減っていく　眺める人

懐かしさ　ぎっしり詰まった手紙の束

次々と　子供達へ
手紙を綴る　父と母
寒い夜も　暑い夜も

ムスカリ

今年もムスカリ　咲く季節
金沢一人暮らし
最初に貰った花便り
「ムスカリ　いっぱい咲きました」

ずっとむかし　プランターに
母が　植えてくれたムスカリ
「これは　放っておいても咲くからね」

母が植えた　ムスカリが

今年も忘れず　咲いている

小さな庭いっぱいに　咲かせよう
と考えながら　毎年眺め
時期が　終わり　それっきり

放っておいても　毎年　花は咲いてくれる
忘れないでと　いうように

帰 省

ほの暗い　街灯の下に
ぽつんとたたずむ　父と母

近づく子供に　笑いかけ
さっさと　歩き始める　腕を組んだ父
「寒かったでしょう」
そっとショールをかけてくれる母

雪のちらつく　灯影の下で
子供の帰りを待つ　父と母の立ち姿
浮んで消える　今もなお

お味噌汁

漂う匂い　懐かしい
そう　お味噌汁の匂い　母の作るお味噌汁の匂い
まだ眠い　布団の中に漂って
ツンツンツン鼻をつついて　起こしてくれた
暗くなった玄関に漂って
ツンツンツン鼻をつついて　迎えてくれた
もう決して食べられない　母の作るお味噌汁
同じ匂いに　つつまれて

想い出している　遠い日々の　朝　昼　晩

母と音

二、三回　聴いた歌
ドは1　レは2　ミは3……
音を聴いただけで　数字で表し
一本指で　ピアノを弾く母
それ才能(?)　進む路　間違えた母
それで　今の私がいるのだが

そんな母　音痴の娘が　歯がゆくて
すぐ　不機嫌
大丈夫　孫が　隔世遺伝で　引き継いだよ
これが　母へのプレゼント

年老いて
一本指で　ピアノ弾いて
歌っていた母

母の大好きだった「荒城の月」
十本指で　弾いている
母へのプレゼント
でも　不機嫌かもしれない
「聴けたものじゃないって」

ひがん花

覚えていますか　母上様
私が生まれる　ずっと前のこと

二人の幼子　そう一つ違いの従兄と兄と　三人で
ひがん花の咲き乱れる土手で　遊んだことを
戦争中　空襲警報心配しながら

「死んだら　ひがん花で飾ってくれ」という従兄
マンションのベランダで　ひがん花を咲かせる兄

戦争が終わり　別々に大きくなった二人が

大好きだ　という花　ひがん花
何故だか大好きという　二人

三人で　遊んだ
ある町の　ある土手に　咲き乱れていたひがん花
やさしい空気に包まれて
楽しく遊んだ　ひがん花の中
懐かしい思い出の花

幼い二人の心の奥に　刻み込まれた思い出の花

ごめんね　母上様

おしゃべりな母　しゃべりべたな私
時々　かなり母に突っ張った私

手足が不自由になった母を
東京へ　送るのに　二人でタクシードライブ

次から次の　トンネルに　いちいち「いくつめ」といい
すばやく　名前を読む母
トンネルの数　四つ目ぐらいでわからなくなった私
トンネルの名前　読む間もない私
すごいなと思いつつ

「修学旅行じゃないよ。
トンネルなんていくつめでもいいよ」
と素直でない私

海の上を走る高い道路
こわーいでもきれいと思う私に
「きれいきれい」とはしゃぐ母
「怖いよ　落ちても知らないよ」
と素直でない私

ごめんね　素直になれなくて
大好きだったけれど　なぜか甘えられなかった
私　一番けんかしたかもね
幾つになっても突っ張っていて

でも　高校生の時

土曜日の午後　小浜駅で待ちあわせして
二人で　買い物したね
あのころの町並み　あの頃の店

もうなくなった町並み　なくなった店
もう　いない母
まだがんばっている町並み　頑張っている店
まだ突っ張っている私

小浜駅　降り立つと　母の姿をそっと探す
駅もかわってしまったけれど
母のおしゃべり　懐かしい

ごめんね　面倒くさそうに　返事して

富士山

母が　大好きだった山　富士山
じっと　富士山を見つめる母の心
特別な「好き」があったはず
父と二人で
東京から伊予松山までの恋の逃避行の思い出か
何も言ってはくれなかった
聞いても　はぐらかされただろうな

新幹線に乗ると「富士山どっち」
と　席に着く

十二月から三月ごろまでは　見ごろ

頂に　幾すじも雪が残る　富士山が
くっきり浮かぶ　五月の夕暮れ
霞んだ裾野に　くっきりと　立っている

「富士山　きれいだよ　掛け値なし
春なのに　こんなにきれいに見えているよ」
そっと母に呼びかけてみた
無性に　見せてあげたい　今日の富士

「きれいだねぇ」と母が答えてくれたよう
富士を眺める母の笑顔が　窓ガラスに映る

視点

歩く広告塔

お土産入れた　紙袋
駅の構内　ぶらぶら歩き
列車の棚に　並んですわる

おまけじゃなくて　コマーシャル袋

お土産入れた　紙袋
外出のお供に　街歩く
見知らぬ　街の中　振られて歩く

おまけじゃなくて　コマーシャル袋

ゴミにしないで　持った人
コマーシャルしながら　歩いている

こだわり

きょうは　「あった！」
『PASCOの六枚切り食パン』　一袋
ぽつんと　一袋　私を待っていたように

ここ　一週間　一度もなかった
『PASCOの六枚切り食パン』

吹雪の中の　バス乗り換えも
スニーカーに凍み込む雪の冷たさも
吹っ飛んで
今日は　ついてる！

単純な自分に「バーカ」と笑いながら帰る
いちめん雪　白い夜
パンが　とってもやわらかい

素敵な人

電車の中　素敵な人が立っている
背も　くびも
無理なく伸びて　立っている

眼を輝かせ　遠くを見つめ
すっきり　すっと　立っている

明日から　私も　真似しなきゃ
立つときは　シャンと
眼は　未来を見つめ
なんて考えながら……

視　点

「お客さん　終点ですよ」
ああ　また……

スタバ

スターバックス　コーヒー屋さん
焼け付くような　フェーン現象の日差しを
避けたくて　入った

ちょっぴり甘いコーヒー飲んで
勧められたら断れなかった　クレープ食べて

外を眺め眺め　ホーッと一息
クレープ　少々　予算外だ　なんて
さもしい計算　一寸したが

郵便はがき

料金受取人払郵便

新宿支店承認

2543

差出有効期間
平成22年6月
30日まで
（切手不要）

1 6 0-8 7 9 1

843

東京都新宿区新宿1－10－1

(株)文芸社

愛読者カード係 行

ふりがな お名前				明治 大正 昭和 平成 年生 歳
ふりがな ご住所	□□□-□□□□			性別 男・女
お電話 番号	（書籍ご注文の際に必要です）	ご職業		
E-mail				
書名				
お買上 書店	都道府県 市区郡	書店名		書店
		ご購入日	年 月 日	

本書をお買い求めになった動機は？
1. 書店店頭で見て　2. 知人にすすめられて　3. ホームページを見て
4. 広告、記事（新聞、雑誌、ポスター等）を見て（新聞、雑誌名　　　）

上の質問に1.と答えられた方でご購入の決め手となったのは？
1. タイトル　2. 著者　3. 内容　4. カバーデザイン　5. 帯　6. その他（　　　）

ご購読雑誌（複数可）

ご購読新聞

新聞

芸社の本をお買い求めいただき誠にありがとうございます。
の愛読者カードは今後の小社出版の企画等に役立たせていただきます。

本書についてのご意見、ご感想をお聞かせください。
①内容について

②カバー、タイトル、帯について

弊社、及び弊社刊行物に対するご意見、ご感想をお聞かせください。

最近読んでおもしろかった本やこれから読んでみたい本をお教えください。

今後、とりあげてほしいテーマや最近興味を持ったニュースをお教えください。

ご自分の研究成果や経験、お考え等を出版してみたいというお気持ちはありますか。

ある　　ない　　内容・テーマ（　　　　　　　　　　　　）

出版についてのご相談（ご質問等）を希望されますか。

する　　しない

ご協力ありがとうございました。
※お寄せいただいたご意見、ご感想は新聞広告等で匿名にて使わせていただくことがあります。
※お客様の個人情報は、小社からの連絡のみに使用します。社外に提供することは一切ありません。

■書籍のご注文は、お近くの書店または、ブックサービス（0120-29-9625）、セブンアンドワイ（http://www.7andy.jp）にお申し込み下さい。

体も心も　リフレッシュ
さあ　動こう
ああ！　外は　やっぱりあつーい

「ください」のひとこと

午前十時　職場出て
お昼は　駅で食べよう
駅　お昼は『しらさぎ』の中で　食べよう

『しらさぎ』に乗って……
お昼は新幹線にしよう　お茶も新幹線で買おう

新幹線の中
「ください」という　ひとことが言えず
東京についてから　お昼食べよう　お茶も買おう

東京駅
「荷物じゃまだなあ　学会会場行ってしまおう
ドリンクサービスあるし」

会場到着　午後五時を過ぎ
ドリンクサービス終わっていた
ああ　喉かわいた　待ち合わせまで時間ない！
夕食まで　がまんがまん

午後七時　妹と待ち合わせ
冷たい水に　「生き返った！」
「アーア　話にもならん」と　笑われておしまい

いつも　こう
「ください」のひとことが　難しい

ぜいたくな幸せ

むかし
「お風呂の焚き付けをして」といわれ
ぞっとしていた
水道ひねったら　ジャーとお湯でないかな
いつも考えていた

今
ボタンを押せば　お湯が出る
好みの温度　好みの量のお湯が出る
こんな幸せ　いいのかな
こんなぜいたく　いいのかな

なんて思いつつ　ぜいたくな幸せの中にいる
でもね　私　エアコンもっていない
「エコ」　に貢献しているから
なんて考えながら　ぜいたくな幸せの中にいる
好みの温度のお湯が出る
こんなぜいたくな幸せ　ありがとう

ゆび

どうして思うように動かないの　私のゆび
右と左の　ゆびたちよ
命令どおりに　動かない

行き過ぎたり　とまったり
届かなかったり

今日もゆびを眺めつつ
めげずに挑む　鍵盤の上

むかしむかし

「才能ないです」
と言われたけれど
今は無視
鍵盤に向かう脳は　励ましてくれる
「心底思えば　より近づくことができる」
なんて
「ピアノ　うまくなりたい！」って
心底思っているけれど
ゆびよ　脳よ　がんばっておくれ

光の帯

晴れた夜
信号機から　外灯から　光の帯が　飛びだして
風車の羽のように
ぐる　ぐる　まわる
赤　みどり　黄
いろんな色が　ぐる　ぐる　まわる
さわやかな空気　輝かせながら
澄んだ夜空に　負けないように

雨の夜
信号機から　外灯から　光の帯が　飛びだして

風車の羽のように
ぐる　ぐる　まわる
赤　みどり　黄
いろんな色が　ぐる　ぐる　まわる
雨に濡れるひかり　輝きまわる
晴れた夜に　負けないように

蛍光灯のシャンデリア

高い大きなビルの窓
その一部屋　一部屋　天井に
規則正しく　ひかる蛍光灯
遠くから見てごらん
ひかりと　ひかりが　映しあって
シャンデリアになって　輝いている

走る列車の窓から　飛び込んでくる
シャンデリア
次々と

飛び込んできて去っていく
シャンデリア

夜のビル群　働く人
美しいひかりの下で　頑張っているんだな
蛍光灯のつくる　シャンデリア
気付いていないだろうけど
疲れたら　上を向いてみて

視　点

右肩に　カバンをかけるのが得手
左肩に　かけてみた
何となく
歩きにくいけれど　気分が変る
背筋も　伸びる

同じ道歩いているのに
何となく
景色も　違って見える
後ろ向きに　歩くように

働く脳　筋肉　エトセトラ
ちょっと替えると　すこし変る

やりにくいなんて　言わないで
少し変化させて　やってみよう
自由に変ることができるのは　自分だけ

宇宙の子

空　そら　くう

誰がつけたか　宇宙空間に　空《そら》と
実体のない　空っぽ　そら　くう

月も星も太陽も地球も　みんなが棲んでいる
無限の宇宙　それが空
青い空　彩るのは　太陽
青い空　変化させるのは　地球

みんなが見上げる　同じもの
それぞれ心で　違って見える
みんなの空は　違うけれど

みんなをまぁるく　包んでくれる
太陽の輝く　青い空
満天の星　夜の空
地球に棲む人　まぁるく包む
みんな空に　包まれている

暮れる

アカネ　ムラサキ　入り混じり霞む
西の空　夕日が沈む
東の夕空　澄みわたる水色

一分刻みで　暮れていく
アカネ　ムラサキ　アオ　グンジョウ
どんどん　かさなり
変る空

宵の明星輝いて　静かに今日も暮れていく
西も東も　暮れていく

毎日の繰り返し
でも　同じ空の色　二度とない
今日も　二度と帰らない
その日　その日は　たった一度

凧

アッ　手から離れた　凧の糸
風にくるくる　舞いながら
落ちたところは　大きな高い木の天辺

ちょこんと　とまった奴だこ
木の葉の散った　天辺で
ひとりゆらゆら　揺れている

少年の泣き顔　見おろしながら
大丈夫　寒くないよと　揺れている

少年は　北風の中　雪の中
毎日毎日　会いにいく「凧さん　降りてきて」
ある朝凧は　消えていた
遠いところへ　飛んでいった
少年の心に　悲しみ残したままで

れんげ草

濃いピンクの　赤れんげ
田んぼ一面　咲いていた春

れんげの中で　寝転んで　見上げた青い空　白い雲
ただ気持ちよく　楽しかった
一緒に見ていた　友の顔　友の声
幼い頃の　春の思い出　遠い空に甦る

れんげが土に帰る頃
白れんげ　シロツメ草が　咲き始める
花の香りに包まれて

わいわいがやがや　しゃべりながら
作った　作った
かんむり　うでわ　くびかざり……
花で飾った友の顔　笑い声
幼い頃の　春の思い出　遠い空に甦る

カラス

地面が割れそうな　寒い朝
朝焼けほんのり　空染める
カラスは　歩く　屋根の上
澄んだ空気に　包まれて

地面が割れそうな　寒い朝
朝焼けほんのり　空染める
カラスはつつく　ゴミ袋
冷たい空気に　包まれて
カラスは　寒くないのかな

ホモ・サピエンス

子育てって　よく言われるけれど
子育てって　なーに

本当は　親育て
子供にいっぱい教わって
大きくなるための　親育て

子育てなんて　おこがましい
子供は　親の先生
人の生い立ち　教えてくれる
ホモ・サピエンスの生い立ち　教えてくれる

宇宙の子

時々思い出し　ちょっと口ずさむ歌
小児科講義の第一声　助教授の歌
「おやじ　おやじと　威張るなおやじ
おやじ子供の
おやじ子供のなれの果て　ヨーイヨーイおやじ」
（デカンショ節の替え歌）

親父　あなたは誰の子か
親父の親父　誰の子か
みんな　人の子　地球の子
いいえ　みんな　宇宙の子

真っ暗闇の空間に　ほんのひと時呼吸する
真っ暗闇の空間に　小さく咲いた可愛い子
みんなみんな　宇宙の子

ひととき地球で生きている
懸命に　生きている
可愛い小さな宇宙の子

生きている時間は　わずかだけれど
大きく伸びて　一緒に歩こう
小さな世界で　一緒に歌おう

「みんな　みんな　宇宙の子
きらきら輝く　ちいさなひかり」

だまってひとりで

寂しいね　考えると

人は　ひとりで生まれてきて
人は　ひとりで消えていく
寂しいね　考えると

だから　みんな寄り添って生きている
助け合って　生きている

グチを言う人　聞いてくれる人
笑う人　笑わせる人
怒る人　怒らせる人
売る人　買う人

教える人　教わる人
エトセトラ

いろんな人が
みんな　寄り添って
助け合って生きている
いろんなことを　考えながら
いつの日か
一生を終える日　迎えるまでは
寄り添って　助け合って生きている

病院のたそがれ時

朝焼け夕焼け　毎日きれいな日々だけれど
きょうもまた　日が暮れる
たそがれ時
何だか不安に　なってきて
フラフラ　出て歩く　病院の廊下
「お部屋に　行きましょうね」
と　いわれても
居たたまれない
寂しいような　恐いような
独りぼっちに　なりそうで

何だか不安で　落ち着かなくて
今日もまた
たそがれとともに　出て歩く
生きている世界を確かめるために
人がいる世界を確かめるために

朝のレストラン

ガチャガチャ　ガチャガチャ　食器の音
ＢＧＭを　かき消してしまう
働く人　足取り軽く　キビキビ動く
早朝のレストラン

様々な人が　席にいる
眠っている人
新聞に夢中の人
人生・仕事・遊びを語り合う人
ビール宴会中の若者たち
朝食　黙って食べる人

いろんな人が　ここにいる
いろんなこと考えながら　ここにいる

これからみんな　何処へ行く
これから　仕事にでかけるのか
これから　家に帰るのか

それぞれの　思いを込めて
ささやかなひとときを　過ごす人がいる
まだ　明けきらない冬の朝
何かしら　寂しく哀しい　朝のレストラン

秋の道

知らない道を　歩いている
初めての道を　歩いている
紅、オレンジ　黄色い葉
色とりどりの木々に囲まれた
知らない道を　歩いている

冷たい風が心地よい
警備の人　工事の人　犬を連れた散歩中の人
誰かを待つ人　急ぐ人
どなたか私を　ご存知ですか
誰も私を　知りません

私も誰も知りません

晩秋の彩り　冷たい空気
いつしか　二人で歩いている
大好きな人と
遠い遠い大好きな人と
冷たい風うけ　歩いている
寂しいけれど　心地いい

町並みや空　白く霞み
ビルの向うから　朝日が斜めに差してくる

さあ　日の出　目覚めの時間
目的地へ　方向転換

白神山地

数千年の昔から
冬は　真白な　銀世界
夏は　真緑　ブナの森
深く深く水を含み
大地を　育てる　白神の山

高い山を裂いて
木々のざわめき　鳥の声　全て消して
高らかに　勇壮に　流れ落ちる
白神の瀧

冬も夏も大切なもの
いらないものは一つもない
流れる小川　小さな葉っぱ　小さな草
いろんな色の土があり
いらないものは　何もない
一つ一つ　大切な　地球のたからもの

ブナの森　歩く人
瀧を　眺める人
みんな小さく可愛くて
「太っている　やせている」
「のっぽ　ちび」
なんてわからない
みんな大切な　地球のたからもの
ブナの森は　ささやいてくれる

ゆっくり　楽しく　歩こうよ
おだやかに　しなやかに

瀧は　呼びかけてくれる
元気に　楽しく　進もうよ
おだやかに　しなやかに

白い葉うらが　そよぐとき

夏の終わり

夏の終わりの　夕暮れは
ちょっぴり淋しい　風が吹く
暑い日差しが　夢だったような
ちょっぴり淋しい　風が吹く

真っ赤な夕陽に輝くポスト
夕焼け映す　ガラス窓に
ちょっぴり淋しい　風が吹く

もうすぐ　秋だとささやくように
夏の終わりの風が吹く

ちょっぴり淋しい　風が吹く

落ち葉

テレビに映る快晴の空
東京

こちら金沢　窓の外
ヒューヒュー風が鳴り
雨と葉っぱが　降っている
敷き詰められる　落ち葉

雨の音は　強く激しく
残る葉は　寒そうに揺れる
しっかり　枝につかまって

冷たい雨に　負けないで
しっかり枝に　つかまって

落ち葉は　風に流されていく
川の中を流れるように　地面を這って走る

稲妻が　走る　落ち葉めがけて
雷がなる　落ち葉の上

雨はいつしか雪になり
朝はうっすら　雪景色
寒そうな　枝に　雪の花

積もった雪に包まれて　落ち葉は土に帰っていく

松から桜へ　ラブレター

スマートな　雪吊り衣装の　松の木たちの
後ろでひっそり　赤い葉散らす　桜の木

春　松の木を　覆い隠して咲いた花
夏　松の木を　覆い隠した緑の葉
秋　寒そうに葉を　散らす
冬　だまってそっと　たつ桜

松の木は　桜にそっと　話し掛ける
また春に　美しい花　咲かせておくれ
私は　あの花　大好きさ

咲いてる時も　散る時も
緑の葉っぱも大好きさ
冬の間はちょっとお休みよ

春を待つ

桜草　元気に花開く
開いた花に　触れそうで触れず
チラチラ舞うのは　雪の精

松の雪吊り　なくなって
松の枝たち　大きく伸びる
桜の木　伸びる枝に
蕾が　そっと春を待つ

あたたかな春　すぐそこに

五月晴れ

高く　青い空
毎日伸びる　田んぼの緑
毎日濃くなる　山の緑

河は流れる
緑を映し　青い空映し
海へ　海へと　流れていく

おだやかな　五月晴れ
緑の山々　青い海

季節は　めぐる

重なる雲の間から
うっすら太陽そそいでいる

雨に打たれた屋根瓦に
雨に濡れた　緑の木々に
路に車に　さす傘に
うっすら太陽そそいでいる

雲がちぎれて　なくなると
暑い夏が　やってくる

季節は　めぐる
地球に緑の　ある限り
地球に　水がある限り

白い葉うらが　そよぐとき

いつも　裏側に　佇んで
いつも　裏側に　隠れている
白い　葉うら

優しい風に　勇気づけられて
ちらりちらりと　顔をだす
緑の葉の中　恥ずかしそうに　白い葉うら
ちらりちらりと　顔をだす
なんだか　きれいでほっとする
なんだか　ほっとする美しさ

強い雨風　吹き荒れる時
雨に風に　身を任せ
緑の葉の中　雨に濡れている　白い葉うら
ひらりひらりと　風に舞う
なんだか　きれいで美しい
なんだか　ほっとする美しさ

いつも　裏側に　佇んで
いつも　裏側に　隠れている
白い　葉うら

白い葉うらが　そよぐとき
静かにときめく　私のこころ

ふうわり　ふわり　ぼたんゆき

母へ

そう　あの日
昭和四十年四月十日
寒くって
今にも雪がちらつきそうな空だった
兼六園で　お昼食べて
金沢　ひとり暮らし　始まりの日

いつもは　明るくおしゃべりなのに
とっても　無口になっていた　母
「金沢ってなんとなく暗いねぇ」と
寂しそうに　呟いていた

平成十九年四月十日
朝　快晴　兼六園　桜満開
桜と青空　冷たい空気
とてもさわやか
こんな　明るい兼六園を
二人で歩いてみたかったよ

母上様

父へ

寝台列車に乗ると　東京駅を歩くと　思い出す
映画の中の　一場面のような
むかしむかしのちいさな記憶

父とふたりで　東京へ
寝台急行『能登』のなか

駅で買った板つきのかまぼこに　かぶりつく
「うまいやろ」に
「うん　おいしい」
母が　見たら　目を回すような

かまぼこ　まるかじりの味　格別

早朝の東京駅
「いつも行くんやけどな」とお風呂屋さんへ直行
「入るか？」に
「いや」　と通路で待っていた
じっとうつむいて　待っていた
じろじろ見る人　笑いかける人　人いっぱい
父が出てきたとき　涙が出た

お店で朝食
はじめて座る　カウンター
「うまいか」に
こくんと　うなずき　ただ食べる
このおいしさ　どう言えばいい？

ここでプツンと記憶が切れる
幾つの時か　何故ふたりだけなのか
何も覚えていないけれど

分岐点

敦賀駅は　小浜線・北陸線の分岐点
思い出が　あふれてくる

小浜線の車窓から
「ほら　あれが北陸線
あれに乗り換えて　行くんだよ
母のふるさとへ」
教えてくれた父の顔
母の笑顔が美しい
旅行が嬉しい　子供達
切符をそっと眺めていた

敦賀駅を通るたび　そっと　言ってみる
「さようなら　小浜線」

近江塩津　山々の間を縫って
湖西線が　分かれて行く
左に琵琶湖を従えて　比良山麓を走っていく
生きていたら　父は　何を教えてくれたかな?

私は　誰かに何か教えられる??
心もとないことですね

湖西線に「さようなら」そっと呼びかける
いつものいつもの　ひとりたび

本当はね

静かな自然は　好きじゃない
風がビュンビュン吹きまくり　雨がバシャバシャ降ればいい
雪がどんどん積もる夜　大吹雪　大嵐　だあい好き
嵐の中が　ふさわしい　吹雪の中が　ふさわしい

いいえ　本当はね
「淋しいよ」「こわいよ」「誰か私を助けてよ」
と叫んで甘えて　いたかった

小さい頃から　突っ張っていた
泣かされても　意地悪されても　黙っていた

「甘えることは　恥ずかしいこと」

いいえ　本当はね
甘えられる人が　うらやましかった
なんでもかんでも　はなしを聴いて欲しかった
私をみていて欲しかった

なぜだか　いつも淋しかった
春夏秋冬　淋しかった
なぜだか　一人でよく泣いた

これからも続く　ひとりたび
黙って　泣いて　歩いていく

いいえ　本当はね
一緒に歩く人　いるのです

同じ地球に住んでいても　宇宙の彼方よりまだ遠い
何万光年むこうの星よりも　もっともっと遠い人だけれど
そっと　一緒に歩いています

ふうわり　ふわり　ぼたんゆき

小さいころ　ぼたんゆきのぼたんは
服についている　ボタンだと思っていた
いつ知ったか　覚えはないけれど
誰がつけたか　知らないけれど
牡丹の花の　ぼたんゆき

暗い寒い　帰り道
ふうわり　ふわり　ぼたんゆき
傘にふうわり　コートにふわり

地面にふわり　ふうわり　ふわり　落ちてくる

消えても　消えても　落ちてくる
いつしか　真白い牡丹が　敷き詰められて
明るい　世界に　なりました

誰がつけたか　ぼたんゆき

雪の牡丹の絨毯さん
あなたを
みせてあげたい人がいる
一緒にみたい人がいる

もし　もし　もし
一緒に　みられたら　とても心が温まり
雪の牡丹は　消えるかな
「もしも……ならば」なんて　私の辞書にはなかったけれど
最近　辞書に入れました

あとがき

ふと出逢った大きなあたたかな手におされ、詩を書き始め三年。違わないようで違っている日々を、相変わらず綴っています。

夏のある日、走る列車の窓の外。緑の葉のなか。きらりきらり心地よさそうに、白い光が揺れているのです。

「これが葉うらのそよぎ!」

白い葉うらがとても可愛く、これをタイトルに二〇〇七年度に書いたものをまとめてみました。

〝葉うらのそよぎは　思い出さそいて〟

『追憶』の詩とメロディを　口ずさみながら。

二〇〇八年五月

さわ　きょうこ

著者プロフィール

さわ　きょうこ

1947年、福井県生まれ
県立若狭高等学校卒業後、石川県金沢市在住
勤務医

著書『大きなあたたかな手』（2006年、新風舎）
　　『ふうわり　ふわり　ぼたんゆき』（2007年、新風舎）

白い葉うらが　そよぐとき

2008年9月15日　初版第1刷発行

著　者　さわ　きょうこ
発行者　瓜谷　綱延
発行所　株式会社文芸社
〒160-0022　東京都新宿区新宿1－10－1
電話　03-5369-3060（編集）
03-5369-2299（販売）

印刷所　株式会社平河工業社

ISBN978-4-286-05118-5